KB043341

향기 나는 꽃

향기 나는 꽃

1판 1쇄 : 인쇄 2021년 05월 06일
1판 1쇄 : 발행 2021년 05월 10일

지은이 : 서정필
펴낸이 : 서동영
펴낸곳 : 서영출판사

출판등록 : 2010년 11월 26일 제 (25100-2010-000011호)
주소 : 서울특별시 마포구 월드컵로 31길 62
전화 : 02-338-0117 팩스 : 02-338-7160
이메일 : sdy5608@hanmail.net

사　진 : 서정필
디자인 : 이원경

오늘의 詩選集 **46**

향기 나는 꽃

서정필 지음

2021·서영

작가의 말

조현병!
"너를 알았기에 회복할 힘을 얻었다."
그러나,
"지금도 진행형!"

회복의 길 알았기에 이렇게 펜을 들 수 있었음을 고백합니다.
힘들어하는 가족과 마음 아파하는 당사자와 서로 함께하며
서로 공유하며 서로 공감하여 그들에게 희망과 새로운 삶과
비전을 드리기 위해 저는 감히 펜을 들어 봅니다.

여러분을 뵙게 되어 반갑습니다.
이 시집은 지금까지 조현병에 대한 많은 경험과 교육, 그리
고 전문가의 세미나를 통하여 새로운 신지식과 사례를 많이
접하고 알아 왔으며, 특히 우리네 힘들어하는 가족과 마음 아
파하는 당사자들과 함께하며 틈틈이 경험한 사항을 글로 표
현한 것임을 고백합니다.

저는 그동안 정신장애인 가족활동가와 인권강사로 활동하

면서 가슴으로 느낀 많은 감동들과 숱한 어려움에 눈물로 써 두었던 메모지를 이제야 펴보며 정리하여 봅니다.

여러분!
병보다 무서운 것이 무지라 했습니다.
그래서 우리네 가족은 '알아야 한다'고 생각합니다.
저는 이렇게 10년을 외치며 힘들어하는 가족과 마음 아파하는 당사자를 위하여 저의 사비를 털어 교육과 봉사로 그들과 함께해 왔습니다.
때로는 치유라는 이름으로 회복되어 일상생활로 돌아가는 것을 기뻐하는 모습에 함께 기뻐하며, 때로는 재발이 되어 함께 울며 마음 아파하는 등 주마등처럼 스쳐지나가는 긴 시간들이 지금 내 마음을 기쁘게도 하고 슬프게도 합니다.

'조현병! 너를 알았기에 너를 극복할 수 있었다.'라는 책을 통해서 마음에 담아 두었던 그 마음 이제야 표현해 봅니다.
그러나 조현병은 "지금도 진행형"입니다.
이들에 대한 여러분들의 많은 관심과 사랑 부탁드립니다.

끝으로 못난 글을 돌봐주신 박덕은 교수님께 진심으로 감사드립니다.

-저자 서정필

차 례

향기 나는 꽃

만남과 교육

그대와의 만남은
설렘이었지.

아픔 같이하는 가족
자연스레
눈인사만 하여도

서로가 서로를 조금은 알기에
만나면 위로가 되고
나누면 기쁨이 되는
우리 가족

그 아픔을 알기에
만남으로
또 다른 아픔을 알아 가며
내적 갈등을 풀어야만 하는
우리 가족

오늘도
교육이라는 구실로
서로의 아픔 공유하자는
우리 가족

만남으로
교육으로
치유의 역사가
회복의 역사가
오늘도 한 걸음 한 걸음

서로 공감하며
서로 지지하며
서로 소통한다.

치유의 역사와
회복의 역사는
반드시 오리라 다짐하며

서로의 일상으로
회복의 꿈 안고
또 다른 만남 위하여
출발하리라 믿는다.

본향을 위한 마음

여보게,
이 세상
어느 누구 하나
당신 편이 아니라 할지라도
슬퍼하거나 노하지 말게.

주님은
늘 당신 편이니까.

주님
사랑합니다.
주님은
우릴 버리지 않습니다.
아무 걱정 말아요.
기도하세요.

때가 이르면
주님의 끝없는 사랑

난 감당할 수 없어요.

서로 인내하며 기도하세요.
비록 힘들고 괴로울지라도
주님만 바라보세요.

우리네
힘들어하는 가족과
마음 아파하는 당사자를 위해
끝까지 인내하며

■ 향기 나는 꽃

이제까지 견뎌 오는 것도
다
주님의 은혜이며
주님의 넘치는 사랑이었음을
고백하오.

이제 어디로 갈까요.
본향을 위해 기도하며
부르시면
나 그곳으로 가리라.
본향 찾아
나 가리.

함께하리

함께 갑시다. 우리 함께 갑시다. 그곳이 어디일 지라도.

그 길은 행복의 길 회복의 길이라면 함께 울며 함께 웃으며 같이 가겠소.

그 길이 험한 길이라 할지라도 기도하며 서로 의지하며 서로 지지하며 서로 공감하며 서로 조금은 아픔 있을지라도 서로 소통하며 함께하리.

그곳이 회복의 길이라면 우리 서로 모든 것 감싸며 그 회복을 위하여 힘들어하는 모든 가족과 마음 아파하는 그들을 위하여 이제 모두는 자기의 생각과 방법 다 내려놓고 회복의 마음으로 행복의 길 회복의 길 찾아가는 모두가 되길 소망하오.

그 길 어디일지라도 꿈과 행복 그리고 회복 찾아 나 그리고 우리 모두 그 길 찾아 동행하리. 아름다운 회복의 길 찾는 그날 위해 나 그리고 우리 모두 함께 그 길 위해 가리.

　간절한 마음으로 기도하며 그 길 찾는 그날까지 우리 모두 함께하리, 기도하는 마음으로 함께하리.

바람

바람이 분다,
가을바람.

마음 한곳
허전함
못내 이루지 못한
그 한곳

이 가을
채우지 못해
아쉬움과 허전함으로
바람이 분다,
가을바람.

혹시
그 마음
그분은 아실까.

■ 향기 나는 꽃

삶

이 세상에
영원한 건
아무것도 없다오.

우리의 삶도
잠시 쉬어 갈 뿐
고통도 잠시
기쁨도 잠시
즐겁고
멋진 세상사도 잠시

모든 것 내려놓고
잠시 쉬어 가는
길 위의 나그네

더디 갈지라도
쉬엄쉬엄 가자.

꿈 찾아
행복 찾아
인생 찾아
비록 그곳이 어디일지라도
찾아 떠나는 이가 있다.

내 안의 모든 것 내려놓고
내 내면의 꿈과 행복
그리고
진정한 의미 찾는 이가
삶을 누릴 줄 아는 자

모두가 그리하듯
세상을 변화시키려고들 하지만
먼저 자신을 내려놓으면
그 행복 내 안에 있음을

그 꿈
그 행복
그 삶이
진정 내 안에 있기에
난 그러므로 행복하오.

함께하는 가족지원활동가

여보게들,
달이 아름답다 하지만
당신보다 더 아름답겠는가.

당신의 아름다움
어디에 견주겠는가.

아름다운 그대여
우리 함께하는 날
늘 아름다움만으로
살 수만 있겠는가.

때로는 힘들고 견디기 어려운 일에도
우리 할 수 있다,
우리는 가족 아닌가.

나누고 베푸는 마음
언제나

변함없는 마음으로

서로 공감하고
서로 지지하며
서로 소통하여

늘
함께하는 당신이었으면
그런 마음 간절하다네.

서로가 그 마음
늘 변치 말고
아낌없이 주는 마음으로
함께하세나.

받은 기쁨보다
나누는 기쁨이 더 크다네.
그런 마음
그런 가슴으로 함께하세나.

그런 마음으로 함께하는
가족지원활동가가

우리 곁에 있지 않는가

나누는 기쁨도 함께하는
가족지원활동가
말일세.

그 천국

행복 누리며 사는 가정
그 행복 누리며
살아간다면

바로 그곳이 천국이요
그 천국 마음껏 누릴 수 있는
지혜로움에 감사하고
천국을 미리 보는 가정
그런 행복한 가정
그곳이 천국이지요.

천국은
그냥 오는 것이 아니며
내가 만들어가는 것

우리라는 울타리 안
함께라는 관계성
서로 공감하며

향기 나는 꽃

서로 지지하며
서로 소통하여 살아가는 가정
바로 그곳이 천국

천국은 영원하지 않으며
그때그때
늘 함께함으로
자신을 내려놓고
비우고 또 비워
채워 가는 게
행복이며 회복
이게 바로 천국

그 욕심 버리지 못한
또 다른 무언가를 채우지 못해
힘들어하는 우리 가정

그 가정을 위해
나 기도하리,
그 천국이 어서 오라고.

아낌없이 채워 주리

지금
말할 수 있다.

그 고통과 아픔
지금 힘들어하며
마음 아파하는
가족들에게

그 고통과 아픔
비우지 못한 채
그 고통과 아픔 안고
지금껏 살아왔음을

비우기 힘들어하며
버리기 힘들어하며
왜 그걸 그리 안고 살았는지

이제는 버리리.

다 버리리.
하나도 남김없이
다 버리리.

그리고
행복 채우리.
그 행복과 회복
이제는 나누리.
아낌없이 나누며
기꺼이 채워 주리.

그들의 행복과 회복
아낌없이 채워 주리.
그 모든 지혜로움으로
채워 주리.

받는 자에게는
넘치도록 채워
회복으로 꽃 피우리.

신에게 감사

놀란 마음
아픈 마음
억누를 수 없는 마음

긴 세월
잘 견디며 살았음을
신에게 감사하자.

이 시간
이곳까지 인도해 주신
신에게 감사하자.

생각하기조차 힘든
삶의 연속
이제는 늘 신에게
감사드리고 싶다.

왜 불평하지 않았겠는가,

왜 원망하지 않았겠는가.

이제는
모든 것
접어 두고 싶다.

그리고
그 모든 아픔과 경험
또 다른 우리의 힘들어하는 가족
마음 아파하는 당사자들에게

함께하며
아낌없이 나누고 싶다.

회복이란 기쁨
우리 모두의 가족에게
이제는
마음껏 나누고 싶다.

회복이란 기쁨
신께 감사드리며
힘들어하는 가족
마음 아파하는 당사자에게

영원한 회복 누릴 수 있게
아낌없는 마음으로
나누고 싶다
주님의 마음으로.

친구여

힘들면
쉬어 가세.

이렇게 왔다
또 그렇게 가는 것
함께 가는 시간이
얼마나 남았겠나.

어찌 그리
바삐 가는가

여보게, 쉬어 가세
여보게, 함께 가세

누가
그리 바삐 부르는가

여보게,

세월이
날 그리 바삐 부르는가

쉬엄쉬엄
서로 안부 물으며

쉬어 가는 여유로움도
세월의 시간
용납하지 않네그려.

어찌 그리 바쁜
친구인가

세월이라는 친구여
자네만 먼저 가면
안 되겠는가.

말의 씨앗 비결

생각이 말이 되고
말이 행동이 되고
행동이 습관이 되고
습관이 성격이 되고
성격이 운명이 되어
당신 삶의 결실을 거두게 된다.

내 생각과 말의 씨앗이
내 삶의 결실을 거두게 된다.

진정 이러한 말의 씨앗을 안다면
생각과 말의 씨앗을
함부로 뿌릴 수 없다.

함부로 뿌렸던
불평불만 씨앗의 마음,부정적인 말의 씨앗을
오늘도 깨끗이 다 거둬 버리고
옥토밭에 좋은 씨앗을

함께 뿌려 보자

축복하는 마음의 씨앗으로
사랑하는 마음의 씨앗으로
긍정적인 마음의 씨앗으로
적극적인 말의 씨앗으로
상대를 세워 주는 말의 씨앗으로
삶의 주름이 점점 펼쳐지는
아름다운 축복의 씨앗을
옥토밭에 함께 뿌려 보자

분명히 패배할 상황에서도
승리의 씨앗을 뿌린다면
자기가 말하는 대로
아름다운 결실을 거둬들일 것이다.

사람이
무엇으로 씨앗을 뿌리든
그대로 거둔다고 한다.

믿음으로 가득찬 말들
사랑으로 충만한 말들이

당신을 새롭게 하고
아름다운 결실을 거두게 할 것이다.

너는 내 운명이 아니라
내 말이 내 운명이니까

당신이 뿌린 말의 씨앗이
바로 당신이 거둬드릴 수 있는
결실이다.

■ 향기 나는 꽃

바람과 비

더위에 지쳐 있는
6월의 마지막 날

나의 삶에
다시는 오지 않을 오늘

새벽부터 쌀쌀한 바람과 비
왜 그리 촉촉이 내리는지
메말라 타들어 간
대지 위를 적시고 있다.

힘들어하는 가족,마음 아파하는 당사자
갈라져 터져 버린 논바닥처럼
갈망하며 이글거리는
대지 위의 저 태양처럼

가족과 당사자
그 심령을 촉촉이 적셔

아물게 하는
저 한 줄기 바람과 비

이글거리는 우리 마음
타들어 가는 우리 가족
그리고 당사자
이제는 희망이 보인다.

모임과 교육으로
신이 창조한 그 모든 것으로
우리에게 한 줄기 바람과 비
그 의미를 깨닫고 알게 하리.

우리 가족에게 준 의미를
그냥 초대받고 진행하는 건
아니라는 것을, 누구에게나 주는 기회가
아니라는 것을
잘 알고 깨달아야 한다.

이 좋은 기회를 통해
고통 속에서 잠 못 이루며
힘들어하는 삶의 고뇌를 알고 깨달아

바람과 비처럼
우리 마음 적셔 주는
아름다운 시간이 되었으면 좋겠다.

이 시간 두 눈 부릅뜨고
아무것 없이 받아
갈라져 타 버린
온 마음과 온몸으로 받아
아름답게 새싹 키우기 바랄 뿐

그 바람과 비로 회복 되어
우리 가족 우리 가정에
아름다운 회복의 새싹이 되길

그 새싹이 자라
아름다운 결실 되어
웃음과 행복 넘쳐나는
그런 가정이 되길,
그동안 이루지 못한
아름다운 가정 되길
소망한다.

나 신에게 기도하리,
이제는 천국이 우리 가정이라고.

향기 나는 꽃

그 꿈 이루기 위해

패자를 승자로 바꿀 수 있는
비법이 있다면
그건 바로
당신이 원하는 것에
집중하는 것이다.

앤드류 매튜스의 말처럼
과연 우리 가정이
원하는 게 무엇이며
버려야 할 게 무엇이며
또
무엇이 나를 힘들게 하는 것인지
알아야 한다.

우리가 원하는 것에 집중하며
한 발 한 발 실천하는 삶이
또 다른 나의 희망과 행복의 원동력으로
회복의 삶 이루리

회복의 꿈 이루기 위한 밑거름은
힘들어하는 가정과
마음 아파하는 당사자의
희망, 행복, 회복이다.

그 꿈 이루기 위해
희망에 집중하자
그 꿈 이루기 위해
행복하기 위해 집중하자
그 꿈 이루기 위해
회복하기 위해 집중하자

그 꿈은
누군가가 그냥 주는 게 아니다.

집중하자, 집중하자, 집중하자,
그 꿈 위해
회복의 꿈 이루기 위해.

그 꿈 이루리

우리의 행복과 불행을
결정하는 건
우리 자신이다.

그리고
그건 바로
우리 스스로
어떻게 생각하느냐에
달려 있다.

함께하며
서로 공감하며
서로 지지하며
서로 소통하며

우리는
희망이 있기에
행복할 수 있다.

우리 모두가 꿈꾸는
회복으로 인하여
모두가 행복할 수 있다.

그 꿈 이루리, 힘들었던 우리 가족
마음 아파하는 우리 당사자
함께하며
그 꿈 이루리.

기회는 만들어 가는 것

흔히 사람들은
기회를 기다리고 있지만
기회는
기다리는 사람에게
오는 게 아니다.

우리는
기회를 기다리는 사람이 되기 전에
기회를 얻을 수 있는
그릇을 갖추어야 한다.

그러기 위해
함께해야 한다.
함께하며
우리 가족은
서로 공감하고
서로 지지하며
서로 소통하는

관계성 회복으로
함께하는 가족이 되어야 한다.

우리 가족이
뭐든 할 수 있으며
뭐든 이룰 수 있는 기회가
반드시 오리라 믿는다.

행복이든
회복이든
우리 가족 모두가 함께하면
이룰 수 있다.

함께하므로
서로 소통하므로
우리 가족은 무엇이든 다
이룰 수 있다,
그 회복도.

주는 기쁨은 길다

받는 기쁨은 짧고
주는 기쁨은 길다

늘
기쁘게 사는 사람은
주는 기쁨을 가진 사람이다.

받는 기쁨보다
주는 기쁨이 더 크므로
우리 가족지원활동가가
아낌없이 베푸는 활동가가 되어 주길
간절한 마음으로 소망한다.

함께할 수 있으므로
서로 지지할 수 있으므로
서로 소통할 수 있으므로

우리 가족이 힘들었던 모든 것

다 버리고
꽃길만 걸을 수 있도록

가족지원활동가가
힘들어하는 가족과
마음 아파하는 당사자를 위해
끝까지 함께하리라
믿는다,
그 믿음으로 함께하리.

■ 향기 나는 꽃

행복

당신부터 먼저 행복하라,
다른 사람을 위하는 것보다
먼저
당신 자신을 위해 살아야 한다.

당신 자신은 불행한데
다른 누구를 위해 산다는 건
참다운 희생이 아니다.
참다운 행복도 아니다.

진정한 자기 본위로
당신의 행복이
다른 사람에게 전파될 수 있도록
먼저 행복해야 한다.

행복하기 위해
자신이 먼저 행복하기 위해
다른 사람에게 베풀자

그 모든 것
당신 자신을 위하는 것임을
깨닫게 될 것이다.

행복이란
큰 바다와 같다.
홀로 존재하지 않는다.

그 행복이
참 행복이다.

함께

함께 가자
그곳이 어디일지라도
그 길이 회복의 길이라면
함께 울며
함께 웃으며
함께 가자

그 길이
아무리 험한 길이라 할지라도
기도하며
서로 의지하며
서로 지지하며
서로 공감하며
서로 아픔이 있을지라도
서로 소통하며
함께하자

그게 회복의 길이라면

우리는
서로 모든 것 감싸고
그 회복을 위하여
힘들어하는 모든 가족과
마음 아파하는 당사자
그들을 위하여
우리 일어서자

함께라면
그들의 손 잡아 주자
함께 아파하며
함께 웃으며
함께 행복해 한다면
회복의 길 나아갈 수 있다면
우리 함께하자.

마음으로

울다 지친 마음
어르고 달래다
뒤돌아선 마음

그 마음 달래며
함께 흘린 눈물들
내 눈물만큼이나
흐르는 세월

발길 머문 곳
그곳에
내 마음도 기다리리.

힘들어하는 우리 가족
마음 아파하는 당사자
그들을 위해
함께 눈물 흘리고
그 당사자를 위해

마음 아파하며
긴긴밤 지새우던 시간들
우리 모두 기억하리.

그들의 아픔을
그들의 회복을 위해
가족지원 활동가는
함께하리,

아픔을 나누며 함께하자는
우리의 약속
영원하리.

나의 기준점

마음의 중심이 바른 자
어떠한 상황 속에서도
흔들리지 않으며
일관성 있는 자신을 추구하며
실행해 나아간다면

남보다 나은
인생이 되기 위해
남다르게 보는 눈을
떠야 한다.

이런 게
자신만의 능력이자
무기가 된다고
본다.

우리 가족은
규칙적으로 반복되는

무의식적인 행동으로
삶의 습관에 의해
길들여져 왔으며
앞으로도 그러리라
여겨진다.

습관을 통제하지 못하면
습관이 우리를
통제하게 된다.

살다 보면,
어쩔 수 없이
실패와 좌절, 절망과 슬픔 등과 같은
수많은 일들을 겪게 된다.

그때를 대비하여
극복하는 힘과 능력을
길러야 한다.

힘겨운 삶의 뒷자락에서
또 하나의
내 삶을 바라보면서.

어머니라는 이유로

어머니라는 이유로
삶의 무게가
너무 버거워 힘들지라도

긴 세월 동안
위로받지 못했다
버거운 짐 내리지 못하고
말없이 지고 가야 할 버거운 짐
어머니의 양 어깨는
무너져 내렸다.

한 많은 삶의 긴 여정
이러지도 저러지도 못하며
모든 걸 안고 가야만 하는
어머니 마음

자식이라면
모든 것 주고파

오늘도 자식 위해
긴 한숨 소리는 메아리친다.

어머니의 그 마음
어느 자식이 알아주리요
그 마음, 어머니 마음을

삶의 끝이 다가와도
애절하게 품고 있는
자식 위한 그 연민의 마음을

산처럼 쌓아둔 그 무엇도
호화로운 바램도
다 벗어 놓은 채
자식 위한 연민의 정, 마음의 짐을

언제쯤 내려놓으려는지
오늘도 긴 한숨에
억장이 무너지는 어머니 마음,
누가 위로해 주지?

모두가 함께하는 날

여보게,
어제의 과거를
후회하지 말게나.

인생의 미래는
오늘
내 안에 있다네.

이렇게
내일을 스스로 품고
만들어 가는 게
우리 삶의 희망이 아닌가.

조금은 힘들고
조금은 마음 아파
견디기 어렵다 해도
죽을 만큼의 힘을 내서라도
다시 살아야 할 것 아닌가.

여보게,
힘내고 희망을 가지고
해야 할 일을 하면서
살아가세나.

우리 가족의 아픔과 고통
누가 대신 감당해 주겠나.
바로 당신 곁에
가족지원 활동가가 있지 않은가.

그 아픔을 이해하는
우리 가족이 함께하며
우리 가족은 서로 의지하며
서로의 아픔을 공유하면서
함께하자 하지 않았나.

그 고통
그 아픔
누가 알아 달라는 건 아니네.

그러나

눈빛만 보아도
우리 가족은
서로 이해하지 않는가.

함께하므로
서로 공감하고
서로 나누며
서로 지지하며
서로 소통하여

앞서가는 가족지원 활동가가
손잡아 주면 안 되겠는가.

우리 가족들
손 꼭 붙들고
님이 먼저 걸었던
그 길, 회복의 길
동행해 주면 좋겠네.

서로 의지하며
함께 가세
그 길,

그 길을 소망하며.

회복의 길
우리 함께 가 보세,
우리 모두 함께
웃는 그날까지.

향기 나는 꽃

바램

무언가 시작한다는 것은
늘 기쁨과 설레임이 함께한다.

힘들고
아픔의 고통과 불안이 따른다.

하지만,
기억해야 한다

살아 있으므로 감사하라.
아픈 만큼 성숙하며
미래의 희망과 비전
할 수 있다는 것
스스로가 개척하거나
경험하지 않으면
치유와 회복은
멀기만 할 것이다.

우리 가족 스스로
창조하며
앞으로 나아가는 가정,
그런 가정이 되었으면 하는 바램
간절히 소망해 본다.

그 꿈 이루기 위해
나는
날마다 기도하리라.

함께하는 세상

가장 큰 실수는
포기해 버리는 것이다.

가장 어리석은 일은
남의 결정만 따르는 것이다.

가장 심각한 파산은
의욕을 상실한 텅 빈 영혼이다.

좋은 선물은
서로 사랑하며 용서하는
미덕이다.

서로 지지하는 마음으로
서로 소통하는 마음으로
서로 용서하는 마음으로
함께.

가장 좋은 선물은
서로 함께 가는 문화.
우리 가족이 함께한다면
그 얼마나 좋을까.

함께하는 세상 바라며
나는 소망하며 기도하리라.

향기 나는 꽃

포기하지 마라

여보게,
포기하지 말게.

절망의 이빨에
심장을 물어뜯겨 본 자만이
희망과 기쁨, 그리고
회복을 사냥할 자격이 있다고 한
어느 시인의 말처럼

고통과 아픔 속에
신음하지 않는
어느 누가 있겠소?

속이 다 타 버려
숯덩어리가 되어 버린
우리 가족의 마음

그 마음

어느 누가 이해하겠소?
그 마음 붙들고
얼마나 방황했겠소?
그 마음 알기에

우리 가족은
함께 공감하며
함께 소통하며
함께 공유하고 있소.

희망의 역사
치유의 역사
회복의 역사가
우리 모두에게 주어지는 것이라
생각한다오.

교육을 통해서
함께하며
소통하며

우리 가족이
희망 찾아

회복 찾아
행복한 여행을
함께 떠나기를
소망하며 기도하리라.

현실에 감사하라

우리 가족
만족할 줄 아는 우리 가족은
진정한 부자 가족, 회복의 가족이다.

탐욕스러운 가족은
진실로 가난한 가족이다.

우리 가족은
작은 기회로부터
종종 위대한 기쁨이 시작된다고
여긴다.

할 수 있다고 용기 주는
말 한마디를
실천하게 하는
현실에 감사하고 있다.

고난이 클수록

더 큰 영광이라 하지 않았던가.

골짜기가 깊을수록
산은 더 높다 했듯
우리 삶도
힘들고 어렵다고 할지라도

교육으로
실천함으로
치유와 회복으로
한 걸음 한 걸음 나아가지만
우리는 내일을 알지 못한다.

바로 오늘 최선을 다하는
기쁨이 충만한 가족이라면
기쁨으로 치유하고 치유됨으로
회복의 영광 보게 되리라.

우리는
그 영광을 보게 되리.

그 영광을 공유하므로

우리 모든 가족은
기쁨으로 회복할 것이다.

그 회복 위해
소망하며
기도하리.

■ 향기 나는 꽃

고통의 끝

인간이 가장 진실할 때
곧 존재의 한계점에서
신과 기도할 때라고 한다.

누구나 한 번쯤은
그런 순간을 맞이하게 된다.
나도 그 좌절과 절망이라는 수렁 속에서
"주님, 나를 이 고통에서 건져 주세요."
라고 울부짖을 수밖에 없었다.

또
"주님, 제발 나를 데려가 주세요."라고
기도하며,
어린아이들처럼 뒹굴며
기도하고 또 기도 드렸다.

그 당시 나에겐
기도할 수 있는 그 어떠한 기력도 의지도

남아 있지 않았다.
그런데도
너무나 간절히 신의 도움과 구원을 갈망했다.

마지막 안간힘 다해 기도하길
1년 하고도 수개월쯤 지났을까.

어느 날 예상치 못했던 신의 음성이
나의 심령을 강타했다.

그때까지만 해도
나는 이 모든 고통으로부터
건져 주시라고 믿고 은연중에
기대를 하고 있었다.

그런데 신은 오히려 나에게
"너 그 고통의 끝자리까지 가 보지 않겠니?"라고
의외의 질문을 던졌다.

순간,
얼떨떨했지만,
나도 엉겁결에 신께 여쭤보았다.

"신이여, 이 고통의 끝자리는 어디입니까?"
"고통에도 끝이 있는 겁니까?"

신께서 다시 한 번 말씀해 주셨다.
"너 고통을 피하지 말고, 끝까지 가 보지 않겠니?"

나는 신의 의도를 이해할 순 없었지만
순종하는 마음으로 주님께 대답했다.
"신이여, 만일 그게 고통의 멍에에서
벗어날 수 있는 길이라면,
이제 더 이상 그것을 피하려 하지 않고
한 번 더 끝까지 가 보겠습니다, 신이여."

그 답이 떨어지는 순간,
나는 마치 어느 무대의 주인공이 되어,
스크루지가 과거 현재 미래를 거치는
환상 여행을 떠나듯,
나의 60평생을 살아오면서 겪었던
수많은 고통들이 모두 다 살아나서
한꺼번에 회오리바람처럼 휘몰아 닥치는
체험을 할 수 있었음을 고백했다.

그 안에는 내가 살아오면서

지금까지 겪었던

모든 실패, 좌절, 천대, 수모, 억울함,

원통함, 배신, 버림당함, 불의, 불공평,

빈곤, 궁핍, 그리고 온갖 질병까지

오만 가지 고통과 번뇌가 다 들어 있었다.

그동안에는 내가 살아오면서 지금까지 평생토록

수없이 많은 죄를 지으면서

스스로 양심의 가책을 받아 괴로워했던 모든 죄책감,

정의감, 그리고 수치심마저 다 들어가 있음을 알았다.

어느 한순간에도 나는

분명히 고통의 끝에 다다랐다는 사실을

영적으로 직감할 수 없었다.

놀랍게도

그 고통의 끝에 도달하는 순간,

나는 '악' 소리를 지르면서

경악하고 뒤로 넘어갈 수밖에 없었다.

왜냐하면,

그 고통의 끝에는 십자가에 달리신
예수님이 있었기 때문이다.
아니, 주님이 내 고통의 끝인가?

나는 거기서 분명
십자가에 달려 고난을 받는
인류의 구원자인 메시아, 예수님을 만날 수 있었다.

우리의 모든 고통으로부터 해방시켜 줄 수 있는
그것이 참 십자가의 도(道)이었음을.

신이시여
당신을 모르고 살았음을 고백합니다,
온몸과 마음을 다하여
주님 사랑합니다.

순간의 삶

순간,
순간
소중하게 삽시다.

한 번 지나가면
다시는
돌아오지 않는
삶의 순간들

그 순간순간이 모여
오늘의 삶이 되니까

오늘이라는 주어진 삶
나에게 가장 젊은 날

그 젊은 날이
우리 가족에게
오늘이 되길.

나 기도하리.
그들의 아픔과 고통
던져 버리고
기쁨과 희망을 위해
나 기도하리.

가을 편지

가을이 깊어 간다.
조석으로
공기도 점점 차가워진다.

파란 가을 하늘
맑은 햇볕과 황금빛 들녘
상쾌한 가을바람이 함께하는
가을은 참 좋은 계절

가을은 좋은 계절
늘 좋은 일만 가득했으면
참 좋겠다.

아침저녁은 쌀쌀한 날씨
감기 몸살 조심하고
늘 건강했으면 좋겠다.

가족을 사랑하며

당사자 회복의 아름다운
추수를 위해

이 가을에도
기도하리.
가족의 안녕을 위해.

회복의 길 찾아

우리는 가야 한다,
그 길, 회복의 길 찾아.

길을 모르면
물어 가면 될 것이고
그 길을 잃으면
약간 헤매면 그만이다.

그보다 더 중요한 건
우리 가족이 마음먹었던
그 길 잊어 버리면
서로의 아픔과 고통이
배가 되고
긴 시간으로 흐르게 된다.

방황하며 고통으로
힘들어할 건가?

우리가 가야 할 길
잊지 않아야 할 그 길,
회복의 길,
우리 모두가 가야 할 길

그 길만은 잊지 말아야 한다.

그 길은 힘들고 험할지라도
우리 가족은 두려워할 필요가 없다.

조금만 내 생각을 바꾸면
내가 조금만 변한다면
그 길은 쉬운 길이다,
내가 변할 수 있다면.

힘들어하는 가족
마음 아파하는 당사자

그 길 찾아
늘 건강했으면
늘 행복했으면
참 좋겠다.

그게
가족지원 활동가의
진정한 삶이 아닌가.

나의 행복과
또 다른 우리 가족의
행복과 건강을 위해
그리고 회복을 위해
나 기도하리.

우리 서로

우리 살아가면서
측은한 마음이 없다면
배려하는 마음이 없다면
부끄러워하는 마음이 없다면
옳고 그름의 분별력이 없다면
그것은 사랑이 아니다.
인간의 정을 느낄 수 없는 자다.

그러므로
측은한 마음
부끄러운 마음
배려하는 마음
옳고 그름을 분별하는 마음
서로가 서로를 지지하는 마음을
지니고 느껴야 한다.

서로를 위한 마음으로
살아간다면

우리 가족은
살맛나는 세상 만들어 갈 수 있다.

우리 가족 모두가
행복으로 가는 길
회복으로 가는 길에
늘 함께하리.

그 꿈 위해
나 기도하리.

얼마나 좋을까

기쁨을 나누면 배가 되고
슬픔을 나누면 반감된다는
어느 시인의 말처럼 되었으면
얼마나 좋을까.

우리 가족은
왜 이럴까?

기쁨을 나누면
시기 질투가 되고
슬픔을 나누니
나의 약점 되어
메아리로 되돌아오더라.

기쁨과 슬픔은
자신이 강해졌을 때
나누는 것이다.

나약한 이가 나누는
기쁨과 슬픔은
또 다른 이의 아픔이 된다.

나는 이제 그 의미를 알았으니
이제는 더 이상 슬퍼하지 않으리.

나의 마음
나 스스로 위로하며
더 강해지리.

오늘 이 아침에
다짐한다.
신은 아시겠지,
이 마음을.

오직
한 분만은 아시겠지,
이 마음을.
이 마음을 위해
나 기도하리.

함께하자

함께 웃고,
함께 사랑하며,
함께 감사하자.

안팎으로 힘든 일이 많아
웃기 어렵지만
자신이 먼저 웃을 수 있도록
웃는 연습을 하자.

사랑은 움직이는 것
기다리기만 하지 말자.
먼저 다가가자,
노력의 열매가 사랑이니까.

상대가 나에게 먼저 해주길
바라지 말자.
내가 먼저 다가가서 해주는
겸손과 용기가 사랑이니까.

차 한 잔으로, 좋은 책 한 권으로도
대화를 통해
자신이 먼저 마음문 연다면
나를 피했던 이들조차
벗이 될 거라 믿는다.

습관처럼 불평의 말이
튀어나오려 할 때
의식적으로 고마운 일부터
챙겨 주는 정을 잃지 말자.

평범한 삶에서 우러나오는
감사의 마음이야말로
삶을 아름답고 풍요롭게 가꾸어 주는
소중한 밑거름이 되니까.

감사는 나를 살게 하는 삶이다.
감사를 많이 할수록
행복도 커진다.

그동안 감사를 소홀히
했음을 고백하자.

함께 웃고
함께 사랑하며
함께 감사하자.

그리하면 나의 삶
그리하면 힘들고 아파하는
우리 모두의 삶이
재기와 회복의 삶으로
행복한 삶으로
바꿔 지게 될 테니까.

이 아침에
커피 한 잔에 취하고
좋은 글에 취해 보자,
취하고 또 취해 보자.

우리

우리 서로
마음 아파 지쳐 있을 때
서로에게 마음 든든한 사람이 되자.

때로는 힘겨운 삶의 무게로
속마음마저 막막할 때
서로 위안이 되는 그런 사람이 되자.

누군가 사랑에는
조건이 따른다고 하지만
우리의 바램은
지극히 작은 것이게 하자.
더 주고 덜 받음에
섭섭해 하지 말자.

문득 스치며 지나가는
먼 과거 속에서도
우리 서로 기억하며

서로 반가운 사람이 되자.

어쩌면
고단한 삶의 먼 길 가다가
어느 날 문득
지쳐 쓰러질 것만 같은 시기에
우리 서로
마음 기댈 수 있는 사람이 되자.

견디기에 너무 큰 마음의 아픔에
언제고 부르면 달려올 수 있는
그 자리
오랜 약속으로 머물길 기다리자.

더 없이 간절한 그리움으로
눈이 시리도록
바라보고픈 사람.

우리 서로 끌어안고
웃으며 정 넘치는
그런 사람이 되자.

우리 서로 그냥
있는 그대로
서로에게
좋은 사람 되자.

향기 나는 꽃

꽃마다 서로 다른 향기가 나듯
사람마다 각기 다른
삶의 방법을 가지고 있다.

어떤 이는 아름다운 향기가
어떤 이는 구수함이
어떤 이는 너그러움이
배여 있고
어떤 이는
활짝 핀 웃음꽃이 배여 있다.

그러나
어떤 이는
도저히 말을 수 없는 악취가 나
마음을 아프게 한다.

처음 만난 사람인데
남 같지 않은 사람

쳐다만 봐도
잔잔한 호수처럼 느껴지는 사람
스쳐 지나쳐도
꽃향기 물씬 풍기는 사람
나의 마음에게
차분히 쉼을 주는 사람
그런 사람이 좋다.

소박한 일상 속
솔직한 내 모습은
도로 옆에 먼지 앉은
볼품없는 꽃

다소곳이 미소 띄운 채
그냥 그렇게 살고 싶은데,
소박한 들꽃 내음 있는 듯 없는 듯
그냥 그렇게 살고 싶은데

그냥 그렇게 뒹구는 꽃잎조차
제 향기 자랑하며 살고 싶은데

힘들어하는 가족

마음 아파하는 당사자
각기 다른 향기 속
서로의 조화로운 향기
조화로움으로 아름다운 향기
조화롭게 풍기는 그날

우리 가족의 재기와 회복이
승리하는 그날
가족지원 활동가와
함께 웃고 함께 기뻐하는 그날
이 사회는
만인이 행복해 하는
그런 사회가 될 것이다.

국화꽃 향기처럼
우리 가족도
가족지원 활동가와
서로가 서로의 각자 다른
아름다운 향기를 품고

서로가 서로를 손잡고
함께한다면

아름다운 보편적 복지
만인이 함께하는 복지
누구나 누릴 수 있는 복지,
이런 복지 사회가 될 것이다.

포기하지 마라

세상은
공평하지 않다.
정당하지도 않다.

이런 것에
휘둘리지 말자.
힘들어하는 가족
마음 아파하는 당사자의
편안한 삶,
재기와 회복
그 성공의 비결은 무엇인가.

좋은 습관을
꾸준히 이어가는 것
그게 비결이다.

작은 습관 하나
한결같이 이어 간다는 것,

그게 비결이다.

그 작은 습관이
재기와 회복의 삶을 만들어 가고
그로 인한 습관들이
재기와 회복의 삶으로
한 걸음 한 걸음 다가가는
길이라 생각하자.
때로는 너무 힘들어
어찌할 바 모르는 상황 속에
있을지라도.

우리 가족 그리고 당사자는
도전과 반복된 시련
꼭 넘어야 할 거친 파도
험준한 산길 그리고 그 계곡
힘들고 고된 여정이지만
한고비 한고비 넘고 넘어
지나가자.

힘들어하는 가족과
마음 아파하는 당사자는

좀 더 성숙해지며
지혜로움으로
재기와 회복으로
나아가는 길이라 생각하자.

우리 가족 그리고 당사자
아파하는 사실에 부끄러워
도전하지도 못함은
모든 걸 포기하는 것이나
다름없다

사회 속 삶을 위한 것인지,
가정의 삶을 위한 것인지,
나의 삶을 위한 것인지,
당사자의 삶을 위한 것인지
숙고해 보자.

포기하지 마라
재기와 회복은
우리 가족의 마음먹기에
달려 있으니까.
멀리 있지 않으며

향기 나는 꽃

내 안에 있으니까.

앞서가는 가족지원 활동가
힘들고 아파하는 가족 옆에
있다는 것에 감사하자.

가족지원 활동가와 손잡고
함께하므로
재기와 회복의 길 안내로
새로운 삶이 시작되리라 믿는다.

가족지원 활동가와
함께한다는 것은
우리네 가족 모두의 희망이며
비전이라 여긴다.

물처럼

물은 흐른다.
막히면 돌아가고,
갇히면 채워 주고 넘어간다.

물은 그냥 흐른다.
폼 잡지 않고
느리게 간다.
안타까워하지도 않는다.

물은 자리를 두고 다투지 않는다,
앞서거니 뒤서거니
더불어 함께 흐른다.

물은 흐른 만치 흘려보내고
흘러간 만큼 받아들인다.

물처럼 살라는 건
막히면 돌아가고

갇히면 채워 주고
나누어 주며
살라는 말이다.

물처럼 살라는 것은
받은 만큼 나누고
나눈 만큼 받으라는 것이다.

흐르는 물 못내 아쉽다고
붙잡아 두면 바로 넘쳐나듯
가는 세월 못 잊어 붙잡고 있으면
그대의 마음에 짐이 되어
고통으로 남을 것이다.

물처럼 살라는 것은
미움도 아픔도
물처럼 그냥 흘려보내라는 것이다.

물처럼 살라는 것은
강물처럼 도도히 흐르라는 것이다.
바다처럼 너른 마음을
가지라는 것이다.

■ 향기 나는 꽃

좋은 글에서 난 오늘도
보고, 듣고, 깨달은 바 있어
늘 감사하며
오늘을 살아간다.

우리는 자연의 뜻대로
살지 못하고
늘 거슬려 살아왔음을
반성해야 한다.

오늘도
제자리에서 맴돌며
흐르지 못하고 있다.
무엇이 그리 사연 많아
흐르지 못하는가.

물처럼 살자,
흐르는 물처럼 그리 그리 살자.

당신이 곁에 있어 참 좋다

몸도 마음도 따스한 당신이
곁에 있어
참 좋다 좋아.

당신은 매우 귀한 사람,
많은 사람들이 있다 하지만
기댈 수 있는 가슴 가진 사람은
오로지 당신뿐.

내 얘길 들어 줄 사람은
얼마든지 있지만
당신처럼
소중히 귀 기울여 주는 사람은
없을 것이다.

즐거운 일이 생기면
함께 기뻐해 줄 사람은 흔하지만
당신처럼 울고 싶을 때 만나고픈

그런 분은
너무나도 귀하다.

세상에서
이토록 드물고 귀한 당신을
곁에 두고 있는 나는
이미 행복한 사람
바로 당신이 곁에 있어
행복한 사람.

마음 아파 힘들고,
마음 위로받고 싶을 때
바로 당신의 따스한 말 한마디
나에겐
큰 위로가 되고 위안이 된다.

바로 당신이
나의 귀한 분.

하늘보다 넓고 푸르며
바다보다 더 깊은 마음 가진
당신이 나에게 참 귀한 분.

늘 언제나 내 곁에 다가와
손잡아 주고 안부 묻는 당신,
그런 당신이 있기에
살맛나는 세상
함께하는 당신이 곁에 있어 참 좋은 세상.

마음 걱정, 건강 걱정을 하며

언제나 응원해 주던
참 좋은 당신.

가족지원 활동가가
바로 당신

당신과 함께 있다는 것만으로도
행복 꿈꾸며 재기와 회복을
안겨 주는 참 좋은 당신.

이 아침
황룡강가 둑길을 걸으며
대자연을 바라볼 수 있어 감사,
함께하는 당신이 있어 감사,
이렇게 글에 취해
글을 써낼 수 있어 감사.

황룡강 강가 둑길 걸으며

우리 삶의 가치는
그 사람이 살아온 과정을
이야기하는 데 있다.

그 열매를
미리 이야기하지 말자.

끝이라고 생각했던 수많은 끝
언제나 새로운 시작의
첫걸음이었다는 걸
늘 기억하자.

살아가면서
예순둘이 되는 일 중에
가장 못난 생각은
예순두 살로 취급하는 것이다.

그것보다 더 나쁜 건

자신을 예순두 살로 여기는 것이다.

나이를 잊고 사는 것
그것 또한 얼마나 행복한 삶인가
한참을 생각해 본다.

행복한 사람이
웃는 게 아니라
웃는 사람이
행복한 사람이다.

마음 편하게 기다리는 사람은
그 기다림에 지치지 않는다.

우리네 삶 또한 지치지 않게
쉬엄쉬엄 황룡강가 둑길 걸으며
여유로움으로 서로 손잡고
걸어보자.

아름다운 진짜 친구여,
지친 삶 속에
또 한 번 나의 걸어온 삶을

바라볼 수 있는
이 아침의 아름다운 시간.

누구보다도
자기 자신을 사랑하는 자는
다른 어느 누구도 다 사랑할 줄
아는 자가 되지 않을까.

이 아침 황룡강가에서
둑길 걸으며
나를 생각하고
우리 모두를 생각하며
자연까지 품에 안으며
걸어온 그 길 바라보고 있다.

재기와 회복

세상에서 가장 중요한 업적 중 대부분은
희망이 보이지 않는 상황에서도
끊임없이 도전하며 이루어 낸 것들이다.

그 용기 또한 없는 것 아닌가.
두려움에 맞서 저항하며
이룬 것들이다.

위대한 성과는
소소한 일들이 모여
조금씩 이루어지며
조금씩 변하여 이루어진다.

명심하라
작은 것에 최선을 다하라.
그리하면
재기와 회복으로 바로 설 수 있다.

어떤 것보다도
서로가 서로를 위하여
실천하며
배려하며
지지하며
소통해야 한다.

그 중에 제일은
실천하며 소통하는 것이다.

그럼에도 불구하고
아무것도 변하지 않을지라도
내가 변하면
모든 게 다 변한다는 걸
명심해야 한다.

우리 가족의 아픔과 고통이
한순간에 그치길 바란다면

한 번의 포기는
영원히 지속된다는 것
그리니

포기하지 마라.

우리 가족은 변하고 또 변하여
재기와 회복의 삶을 찾을 수 있는데

왜 우리 가족은
변하지 않는지
그 꿈 찾아
바른 길 찾지 않는지.

힘들다고 포기하지 마라
재기와 회복은
멀리 있지 않다.
바로 내 안에 있다.

마음의 눈을 뜨고
자신을 바라보라!
내 안에 그릇된 습관
다 보게 될 것이다.

후회 없이 변하여도 보고
바른 길

찾아가 보라
변하리라.

우리가 살아가면서
불편하고
힘든 일이 생길 때
조금씩 자신을 변화시켜
살아간다면

누구나 힘겨움은 지나가고
아름답게 살아가리라

아무것도 변하지 않을지라도
나 자신이 변하면
모든 게 다 따라 변하리라.

그것은 나의 삶이 변하고
나의 환경이 변하고
나의 모든 관계성이 변하여
우리 가족의 모든 삶의 질이 변하게 된다.

우리 가족은

왜 이리 변함을 두려워하며
살아가는지 모르겠다.

누구나 세상을 변화시키려면
나부터 변화해야 한다.

내가 변하면
다
변한다.

아무것도 변하지 않을지라도
내 자신을 변화시켜 모든 게 변한다면
나는 그리하리라.

나의 변화로
힘들어하는 가족이 변하고
마음 아파하는 당사자가
변하여 회복이 된다면
나 또한 변하고 또 변하리라.

결코 포기하지 마라

위대한 것이든,
사소한 것이든,
커다란 것이든,
시시한 것이든,
하찮은 것이든,
긍정의 힘이라면
할 수 있다.

무엇이든 해야만
한 걸음 나아가는 것이라면
우리도 나아가야 한다.
그게
우리 가족의 시작점이다.

무거운 생각은 다
훌훌 털어 버리고
다시 한 번 시작하는 것이
우리 삶의 시작점이다.

이는 마음에서 나온다.

스스로 할 수 있다고
100%로 믿는다면
당신도 할 수 있다.
긍정의 힘으로
다시 한 번 시작해 보는 거야
새로운 희망 안고

새롭게 출발하게 만드는 힘이
우리 가족이라면
계속 나아가게 만드는 그 힘은
우리 가족의 긍정의 힘이다.

그 힘은 다름 아닌
우리 가족 모두의 힘
작지만 큰 힘
바로 가족의 힘이다.

회복의 꿈

자면서 꾸는 꿈은
시간이 지날수록
희미해진다.

이루고 싶은 회복의 꿈은
시간이 갈수록 선명해진다.

내가 꾸는 회복의 꿈이
제대로 된 회복의 진정한 꿈인지
알기 위해서

그 회복의 꿈 찾아가는 과정
나의 고통과 아픔의 시작일지라도
고통과 아픔의 길 위에 선
가족지원 활동가로서
힘들어하는 우리네 가족
마음 아파하는 당사자
그들을 위하여 동행하리.

회복의 꿈을 꾸며
그 꿈이, 꿈이 아닌 현실이 되기 위해
그 꿈 찾아가는 과정이
꿈이 아닌 현실이 되기 위해

그 꿈 찾아가는 과정이
나의 아픔일지라도
나의 고통일지라도

우리 가족은 함께
회복의 꿈을 꾸기 위해
가족지원 활동가로서
회복의 꿈을 찾기 위해 함께 가리.

세상을 바꿀 생각을
누구나 하지만
자신을 바꾸려 하는 사람은
아무도 없다.

우리는 세상을 바꾸려 하는
것이 아니다.

나를 변화하여
가족의 회복으로 가자는 것이고
함께 회복하여
함께 가자는 것이다.

우리 모두의 행복을 위해
다 함께 회복하기 위해
나
기도하리.

우리가 걷는 길

우울한 사람은 과거에 살고
불안한 사람은 미래에 살고
평안한 사람은 현재에 산다.

창문 열면 바람이 들어오고
마음 열면 행복이 들어온다.

아침에 따스한 웃음으로 문 열고
낮에는 활기찬 열정으로 일하고
저녁에는 편안한 마음으로 마무리한다.

어제는 어쩔 수 없는 날이었지만
오늘은 만들어 가는 날이고
내일은 꿈과 희망이 있는 날이다.

내가 웃어야 행복과 회복이 미소 짓고
나의 표정이 곧 행복과 회복의 얼굴이다.

믿음은 수시로 들어 마시는 산소와 같고
신용은 언제나 지켜야 하는 약속과 같다.

웃음은 평생 먹어야 하는 상비약이고
사랑은 평생 준비해야 하는 비상약이다.

기분 좋은 웃음은 집안을
환하게 비추는 햇볕과 같고
햇볕처럼 화사한 미소는
집안을 들여다보는 천사와 같다.

꽃다운 얼굴은 한철에 불과하나
꽃다운 마음은 평생을 지켜 준다.

건강할 때는 사랑과 행복만 보이고
허약할 때는 걱정과 슬픔만 보인다.

혼자 걷는 길 위에 예쁜 그리움이 있고,
둘이 함께 걷는 길 위엔 어여쁜 사랑이 있고,
셋이 걷는 길 위엔 따스한 우정이 있고,
우리 가족이 함께 손잡고 걷는 길 위엔
행복과 회복의 기쁨이 함께한다.

함께 나누고
서로 지지하며 소통하므로
우리는 함께할 수 있다.
우리는 가족이니까
사랑합니다, 온 힘 다해.

너는 나의 희망

너는
내 삶의 희망이자 동반자

나의 기쁨이
너의 기쁨이었고

나의 행복이
너의 행복이었던 사람아

수없이 많은 사건들 속에서
사라져 가고 또 발생하며
사라지지 않고 나와
기쁨과 행복으로 엉키며
마음과 마음을 나눌 수 있기에
나는 참 오늘도 행복하다.

우리의 관계 속에서
넘치는 수많은 감정들과

서로가 서로를 돋보이게 하기 위해

열망 없이 있는 그대로
늘 그 자리에
늘 그대로 있어 주어
나는 기쁘고 참 행복하다.

함께 기뻐하며
함께 행복해하며
언제나 함께
너와 같이 걸어갈 수 있어
난 참 기쁘다
난 참 행복하다

기쁨과 행복 그리고 회복
늘 함께 공유하며
함께 지지하며
함께 소통하는 마음
나 그를 위해 기도하리.

뿐이고

어쩔 때는
이해하지 못한 아픔에서
오는 것뿐이고

어쩔 때는
서로의 미움으로
오는 것뿐이고

어쩔 때는
마음의 상처에서
오는 것뿐이고

어쩔 때는
서로의 무관심에서
오는 것뿐이고

어쩔 때는
아픔을 이겨내는

모든 것 감싸주는 사랑의 기쁨으로
잊게 하는 것으로 오는 것뿐인데

왜 서로 안아주고 감싸주는 마음
서로가 배려하지 못해
서로가 아파하는지

아파하는 마음을 감싸주고
안아주는 건
우리 모두의 사랑뿐.

그 사랑
늘
변치 않는 사랑이길.

사랑 가득 채우는 날

밤은
아침을 이기지 못하고

겨울은
봄을 이기지 못한다.

불행은
행복을 이기지 못하고

절망은
희망을 이기지 못한다.

오늘 하루도
웃음과 기쁨
그리고
사랑 가득 채우는 날로
보내길.

기쁨과 행복은
나 자신이 만들어
가는 것이다.

기쁨으로
오늘 하루 가득 채우길.

싱그러운 주말의 아침

새벽을 깨우는
자연의 소리
새삼스레 감동으로 다가오고

지저귀는 새소리
그 희망찬 수다가
즐거움이 내려앉은
싱그러운 주말 아침

수줍게 내려앉은
황룡강가 물안개는
풀잎에 이슬을 선사하며
싱그러움으로 자태를 뽐내고
이슬 머금은 듯
우리 삶의 하루도 싱그럽게 열린다.

맞물려 돌아가는 톱니바퀴처럼
자연도 흘러가고

세월도 흘러가고
우리 삶의 한 주도 톱니바퀴처럼
잘 맞물려 돌아가기를
소망한다.

어쩌면 사람들의 마음은 무지개처럼
각기 다른 색깔의 그림을 그리고 지우며
행복 찾아가기 위한 길을
그려 갈 것이라 생각한다.

행복이 새싹 돋듯 잘 자라
무럭무럭 커가는 곳이
다름 아닌 우리 가족의 마음이다.

평온함과 휴식을 주어
행복이 잘 자랄 수 있게 해주면
우리 얼굴은 자연스럽게
행복의 꽃밭 되어
아름다운 미소로 우리 가정에
행복의 꽃, 회복의 꽃 피우리
그 꽃 지지 않는 꽃으로.

우리 얼굴에 미소 꽃밭이
될 수 있기를 소망해 보며
행복한 하루를 소망하며
미소를 보낸다.

어등산 뒤편 황룡강 강가에는
이 아침에도 말없이
물안개는 피고 지며
오늘도 강물은 흘러간다.

임 찾아가는 것인지
나의 아픔을 가지고 가는 것인지

황룡강 강물아
나의 아픔을
다 가지고 가렴.

복 있는 사람

물고기는 물과 다투지 않는다.
물이 조금 차가우면 차가운 대로
물이 조금 따뜻하면 따뜻한 대로
물살이 조금 빠르면 빠른 대로
물과 같이 어우러져 살아간다.

물고기는 자신이 물과 함께
있는 것만으로도
감사하고 고마워한다.

산에 있는 나무는
산과 다투지 않는다.
자신의 자리가 좁으면 좁은 대로
큰 나무들이 있으면 있는 대로
햇볕이 덜 들면 덜 드는 대로
햇볕이 더 들면 더 드는 대로
처지에 맞추어 살아간다.

나무는 자신이
산에서 어우러져 사는 것만으로도
감사하고 고마워한다.

해는 구름과 다투지 않는다.
구름이 해의 얼굴을 가리며
잘난 척해도 조용히 참고
기다렸다가 찡그렸던 하늘을
더 파랗고 맑게 해준다.
해는 자신의 할 일이 있는 것만으로도
감사하고 고마워한다.

복 있는 사람은
자신을 불평하지 않는다.
언제나 현실에 충실하며 살아간다.

미움의 마음이 사랑의 마음으로

우리는 미워할 수도 있으며
또한 사랑할 수도 있다.

미워하는 마음이
오래가지 않길 바라며

나는 오늘 긴 터널을 빠져나와
오월의 푸른 하늘을 바라본다.

바다를 먹물 삼아
푸른 창공에 나의 마음
글로 표현해 보고 싶다.

대지는 빨강 장미가 나를 반기며
어서 오라 손짓하며 뜨겁게 반겨 준다.

오월은 감사의 달
오월의 대자연은

우리 모두를 감싸주며 반겨 준다.

왜 우리는
그러지 못하는 것인가.
이제는 긴 터널의 어둠을 헤치고
나와 주변을 바라보자.
또 다른 우리 가족이랑 함께하자.

오월의 빨강 장미꽃 그리고 향기처럼
우리 가족 빨갛게 멍든 마음
어르고 달래 줄 누군가가
사랑하는 마음으로
서로가 서로를 지지하며
함께 어우러지는 삶이 되길
바라고 또 바란다.

우리 가족은
함께 오월의 붉은 장미꽃처럼
뜨거운 사랑 나누며 살고 싶다.

그 사랑
언제나 변치 않은 사랑의 마음으로

기쁘면 기쁜 대로, 슬프면 슬픈 대로,
우리 마음을 표현하며
서로가 서로를
의지하며, 지지하며, 소통하며

아름다운 오월의 장미꽃 향기처럼
진하게 사랑하며 살아가는
우리 가족이길.

우리 모두의 가족이
재기와 회복으로 나아갔으면
참 좋겠다.
그를 위해 기도하리.

나의 삶 바람처럼

누가 뭐라 하여도
순간순간 만남의 기쁨이건
이별의 슬픔이건
다 순간이다.

사랑이
아무리 깊이가 있다 해도
그건 산들바람이고
오해가 아무리 커도
그건 비바람이고
외로움이 아무리 지독해도
그건 눈보라일 뿐이다.

아무리 세찬 태풍일지라도
지나간 뒤에는 쓸쓸한 바람만 맴돌 뿐

순간순간의
지나간 삶의 바람처럼.

어느 가을바람 불어와
곱게 물든 낙엽들이
우수수 떨어지듯

우리의 삶도 이와 같으리
오늘의 삶 속에 또 하루가 지나가고
또 새로운 한날을 맞이하며

결국 잡히지 않는 게
우리의 삶인 걸
애써 무얼 집착하리오.

모두가 순간순간 지나가는
바람인 걸
스쳐지나가는 것은 스쳐지나가는 대로
그렇게 살다 가는 우리 삶이 아닌가.

믿음으로 가는 곳 향하여
산들바람처럼 스쳐지나가는
나의 바람처럼
나의 삶처럼.

마음 아파하는 이웃을 위해

사랑의 대상,
격려의 대상,
지지의 대상,
위로의 대상
어느 것 하나 하찮게 대하면
순간 사라져 버리는
마음 아파하는 당사자
힘들어하는 가족 많은 역경 속,
10년, 30년, 그리고 60년

앞으로도 무한 진행형인 우리 가족,
그럼에도 불구하고
힘들어하는 가족, 마음 아파하는 당사자는
할 수 있다
가족이니까 해야만 한다.

난, 그대가 가족이라서 좋다.
이 넓고 넓은 세상

힘든 세상에
가족이란 이름으로 만난 세상

아픔이란 이유로 당신을 만나지 않았으면
춥고 어두운 겨울밤
헐벗은 나뭇가지에 앉아
홀로 울고 있는 저 새처럼
외로움과 공포에 떨고 있었을걸.

그대가 좋아하는데,
그대가 마음에 와 닿는데,
그대의 마음 알 수 없는데,
알 수는 없지만 만나야만
서로가 서로의 아픔을 이해하는데

운명처럼 그대에게 다가가는
나의 사랑, 격려, 지지,
소통과 위로의 표현을 다할 수 없으니
애타는 나의 마음 어찌해야 하나.

할 수 있는 표현이라고는
난 너를 진심으로 사랑하며

■ 향기 나는 꽃

이해한다는 말뿐
그것밖에
표현할 수 없는 이 현실.

다시는 돌릴 수 없기에
오늘도 진실한 이 마음
너에게 전하고 싶지만
이 마음 어찌해야 할지.

먼 하늘 바라보며
오늘도 내 안 깊숙이 아려 온다.
내 마음 다 표현하려 했으나
다하지 못함을.
그대가 내 마음 모른다면
그대가 떠나 버릴까 봐
두렵다.

나 살아 있는 동안 그대를 위하여
다시는 제자리로 갈 수 없는 우리 삶을
그대와 함께.
서로 이해하며,
서로 사랑하며,

서로 지지하며,
서로 소통하면서 나 함께하리.

서로를 위해
사랑하면서 행복 찾아 나 가리.

그 길 조금 힘들고
어려운 길이라 할지라도
힘들어하는 가족과
마음 아파하는 당사자를 위해
가족지원 활동가로서 함께하리.

내 마음의 욕심

온종일
흐느끼며 눈물 흘렸다.

늦은 깊은 밤에서야
한 줄기 빛 보았다.

내 마음의 욕심이
내 마음을 눈물나게 했음을

이제는
내 마음의 욕심 내려놓으니
욕심 아닌 사랑으로 채워지니

모두가
기쁨이구나
이 기쁨 나누어 주고파
아름다운 아침이 기다려진다.

그 행복

나누기 위해.

■ 향기 나는 꽃

가족

만나면 반가운
모임이 되는
우리 가족

언제나 한 가지 뜻으로
순수한 마음으로
가족처럼
형제처럼

우리는 언제나
즐거운 마음으로

잠시
쉬어 가는
만남의 공간 속에서
우애와 서로의 사랑 속에

우리 가족은

봄 향기 나는
사랑의 싹 틔운다.

이 시간 서로 만나
지친 삶 속에
말 한마디에 울고 웃는
우리 가족들
서로가 서로를 지지하며

오늘도
뜨거운 사랑 나누며
봄 향기 짙게 나는
사랑의 싹,
행복의 싹,
회복의 싹,
영원한 싹
꽃으로 피우리.

그놈

그놈은 누구인지
언제부터인지
그놈이 나랑 동거 중

가만히 숨죽이고 있다
어느 순간 불쑥 불쑥
내 등 뒤에 요란한 소리
허공에 너울대는 놈

카게무사처럼 따라다니며
요란법석을 떠는 놈

그놈을 멀리하기 위해
찬양을 들으며 잊으려 했으나
잊혀지지 않는 놈

그때그때
온몸 웅크리고 있다가

어느 순간
내 가슴 툭 치는 놈

내 몸 어딘가 깊숙이 기생하며
나의 마음과 눈빛 흔들리게 하는 놈

보내고 싶다
활짝 웃어 보이면
눈치 빠른 놈이어서
봄날의 아지랑이처럼 사라진다.

서러움에 빌붙어 살다가
절망에 빌붙어 살다가
악을 좋아해 바짝 붙어다니는 놈

유독 희망과 사랑 앞에서
송두리째 사라져 버린
행방이 묘연해지는 놈

그놈의 거처는?

내 안에 가장 가까운 곳에

숨어 있어

언제나 수시로

시도 때도 없이 찾아오는 그놈.

■■ 향기 나는 꽃

귀찮은 그놈

그놈을 멀리할 수 있다면
얼마나 좋을까

그러나
난 오늘도 그놈 퇴치를 위하여
한 치의 여유로움도 없이
비상식적인 근무로
최선을 다하려고 노력하리.

그러므로
내가 살아갈 수 있기 때문이다.

그리하여야만
내가 승리할 수 있기 때문이다.

그렇게 해야만
내가 회복할 수 있기 때문이다.

우리 가족은
함께 퇴치해야만
모두가 함께 살아갈 수 있기 때문이다.

오늘도
그를 위해 기도하리.

향기 나는 꽃

삶

우리의 삶은
짧고도 짧다

웃을 수 있는
여유가 있는 사람이
행복한 사람이다.

우리 서로
아픔을 함께
나눌 수 있다면
더 행복하리.

내 마음에

내 마음에
아름다운 고니 한 마리
살고 있다.

영영 날아가지 못할 것 같은
고니 한 마리

날지 못하여
마음 아파하는 고니

마음의 상처로 인하여
힘들게 힘들게 살아가며

마음의 치유 위하여
외롭고 슬픈 울음으로
울고 있다.

누가

이 고니의 아픈 마음과 슬픔을
달래어 주는 이가 있을까?

할 수 있는 건
신께 기도 이외는 없다.

웃어야 산다

웃으면
사람의 몸과 맘이
이롭게 되며
새롭게 된다.

그리하면
온갖 경이로운
일들이 생기며

내일의 꿈을 찾아가는
삶과 비전이
나의 삶에
맑은 빛 비추어 주리.

우리 가족은 함께
맑은 미소로 웃으며
내일의 희망과
회복의 비전이
우리 가정에 함께하리.

그 꿈을 위해
그리고
회복을 위해
나 오늘도 웃는다.

긍정으로

용기 있는 자로 살아라,
긍정의 힘으로 살아라.

이것이 없다면
용기 있는 가슴으로
뜨거운 가슴으로
모든 불행에 맞서 이겨내라.

긍정의 힘으로
우리 가족은 싸워
이겨내야 한다.

긍정의 힘으로
살아야 한다.

우리 가족은
모든 것을 포기하고
산 것이 아닌가.

포기하지 말자
함께라면
무엇이든 할 수 있다.

긍정의 힘으로
하면 된다.

함께해 보자.
우리는 가족이니까.

그리고
우리 옆에는
가족지원 활동가가 있지 않는가.

가족지원 활동가와 함께라면
무엇이든 할 수 있다,
긍정의 힘으로.

진상

윙 윙
맴 맴
찌르륵 찌르륵
씨 씨 씨

야단법석인 내 귓가
맴도는 진상 그 소리

왜 이리도 요란할까
왜 그 소리는 떠나지 않을까.

어떤 사연
어떤 시련
어떤 미련이 그리 많아
이토록 요란스러울까.

윙 윙
맴 맴

찌르륵 찌르륵
씨 씨 씨

그 소리 오늘도
그치지 않는다.

그 소리는
왜 오늘도
그치지 않는 것일까.

그 소리는
언제쯤 그칠까.

난
그 소리 자장가 삼아
나의 삶 승리하리.

서울 국립병원 M센터에서

아직도 고통 속에 있는 가족 상담 실습을 마치고 저는 이번 가족 상담 실습을 통해 힘들어하는 가족

마음 아파 고통스러워하는 당사자를 만나면서 나의 가정에 당사자가 입, 퇴원을 주기적으로 반복하면서 아픈 과정이 떠오르며 한쪽 마음은 답답함을 느꼈다.

어느 누구도 손잡아 주지 않으며 대화를 나눠 주지 않는 현실 속 고통에 나의 현실을 돌아보았다.

내 자신도 누군가를 붙잡고 마음 놓고 울어 보고 싶었으나 울지도 못한 현실.

이제는 마음 놓고 들어 주며 마음 놓고 웃고 울며 마음 비우고 힘들어하는 가족을 통해 힘들어하는 가족을 치유해 드리는 게 아니라 나 자신을 치유 받는 것 같아 정말 좋았다.

비록 짧은 시간이었지만 함께 울고 함께 웃었던 시간들 속에서 나 자신이 치유되는 느낌을 많이 받아 아주 좋았다.

나 자신이 아파하는 가족을 위해 상담하는 것이 아니라 힘들고 아파하는 가족을 통해 마음 아파하는 당사자를 통해 나 자신이 치유 받는 느낌이 들어 매우 좋았다.

실습을 마치고 우리 실습생을 지켜봐 주신 이진순 회장님을 비롯한 모든 관계자 분께서 실습생을 보며 수고하셨다는 말에 조금은 부담스러워 부끄러운 마음뿐이었다.

앞으로 가족 상담을 위한 기회가 내게 주어진다면 힘들어하는 가족을 위해 최선을 다하리라 다짐해 본다.
고통 속에 힘들어하며 아파하는 가족을 위해 치유 상담에 최선을 다하고 싶다.

내 자신이 고통 속에 아파하는 가족을 통해 치유 받는 것 같아 가족지원 활동가 상담 실습을 마친 날 너무 좋았다.
우리 모든 가족이 회복되는 그날까지 나 기도하리.